QUE NOUS FAUT-IL ENCORE ?

ET

QU'AVONS-NOUS A CRAINDRE ?

QUESTIONS D'INTÉRIEUR.

QUE NOUS FAUT-IL ENCORE?

ET

QU'AVONS-NOUS A CRAINDRE?

Questions d'Intérieur.

PARIS,

CHEZ DELAUNAY, LIBRAIRE,

PALAIS-ROYAL;

ET CHEZ PYSSEN, LIBRAIRE,

Au dépôt des Lois, en face le Palais de Justice.

1831.

Imprimerie de P. Dupont et Laguionie,
Hôtel-des-Fermes.

QUE NOUS FAUT-IL ENCORE ?

ET

QU'AVONS-NOUS A CRAINDRE ?

QUESTIONS D'INTÉRIEUR.

Les chambres sont assemblées ; et déjà la nation, dans son impatience, devance les questions d'un si haut intérêt qui vont se partager la session nouvelle. Parmi ces questions celles qui sont relatives aux lois complémentaires, dont le discours de la couronne a promis si nettement la présentation, semblent au premier coup d'œil devoir absorber presque exclusivement l'ardeur des discussions civiques, qui depuis le salon jusqu'à l'atelier occupent dès ce moment tous les esprits actifs.

Et en effet ces lois si importantes après lesquelles la France soupire depuis long-temps parce que depuis long-temps elle y a attaché une partie de sa prospérité, ne sauraient être l'objet de discussions trop approfondies ni appeler sur elles un trop grand concours de lumières ; là où les intérêts positifs de chacun vont se trouver agités, là aussi doit se porter l'attention de tous.

Cependant, le croirait-on, ces lois si importantes, si désirées sont loin d'être aujourd'hui ce qui nous préoccupe le plus généralement ! D'autres questions plus graves, résolues depuis long-temps en raison et en droit, continuent, en vertu d'une disposition toute particulière des esprits de ce temps, à tenir en émoi une certaine partie de la nation, et s'emparent même, quoi qu'ils en aient, de ceux-là qui pensaient n'avoir plus jamais à s'en occuper.

Ce phénomène moral provient sans aucun doute de la direction donnée depuis deux ans à l'opinion publique par les feuilles quotidiennes de toutes les couleurs dont la tâche semble avoir été, à l'exception d'un petit nombre d'entre elles, de brouiller tous les faits, de confondre toutes les idées et de rendre inextricables, à force de les retourner, les questions les plus simples.

Mais quelle que soit la cause de ce phénomène, il existe, et dès lors il serait dangereux de ne pas le reconnaître, car il a des conséquences qu'il importe d'éviter et qui seront à craindre tant qu'il n'aura pas disparu entièrement.

Cette agitation qu'on voit se manifester à l'approche de la session, dans la sphère où se meuvent de simples citoyens, n'est du reste, il faut le dire, que le programme affaibli des troubles et des orages qui se préparent dans une région plus élevée.

Qui ne voit d'ici en effet s'avancer, comme une menace vivante, comme une réprobation éclatante et terrible contre le système célèbre dont le singulier destin sera d'être contesté autant que reproché à ses continuateurs, une opposition devenue plus ardente par ses dernières défaites et qui mieux disciplinée, pour quelques jours peut-être, brûle de ressaisir la victoire que ses fautes et son manque d'unité, de principe fixe, lui ont fait perdre tant de fois! Qui ne prévoit déjà les récriminations, les accusations qui vont pleuvoir sans nombre sur ces hommes du 13 mars et du 11 octobre? Qui ne pressent les enquêtes, les personnalités, les appels sans fin à la France de juillet, et toutes ces ressources des minorités, y compris l'émeute, invoquées à l'appui d'argumens contestés!... l'émeute! premier degré visible de tension où monte rapidement le système nerveux d'un peuple impressionnable, soumis au galvanisme révolutionnaire!

Dans ces graves circonstances un écrit, dont l'objet serait d'examiner quelle route nous avons parcourue depuis deux ans pour en arriver là, et quelle direction il nous reste à suivre pour atteindre le but de nos plus ardens désirs, ce que nous devons fuir, ce que nous devons rechercher; un écrit simple et court où l'on ne craindrait pas d'aborder de front ces questions vitales qui subsisteront toujours, jusqu'à ce que les raisons claires et péremptoires qui doivent en assurer la solution complète soient devenues familières au dernier citoyen de la grande nation ; un tel écrit, ce me semble, ne serait point hors de propos et porterait peut-être avec soi quelque utilité.

Sans plus de préambule donc j'aborde mon sujet que j'exposerai ainsi, afin de bien marquer mon but le plus spécial. Je veux examiner quelle attitude le peuple (le gros de la nation, vous et moi, ce qui sent et raisonne, blâme, approuve et oublie, s'exalte ou qu'on exalte) doit prendre décidément et définitivement en face de son roi, de ses propres conseillers et de ses ennemis déclarés ou secrets, en ne consultant pour cela que ses sympathies et sa position.

Et d'abord je montrerai quelles sont les sympathies du peuple en rappelant les actes par lesquels il s'est plu à les manifester dans les occasions les plus importantes et les plus décisives.

Ensuite j'expliquerai sa position présente, non pas telle qu'on s'efforce de la lui faire chaque jour, mais telle que des yeux non encore prévenus peuvent aisément la reconnaître; et je n'aurai plus alors qu'à faire prévaloir les considérations qui sont le but de cet écrit.

Trois grands faits principaux dominent toute l'histoire de la nation française depuis les fatales ordonnances.

Le premier est le soulèvement rapide mais prévu qui la remua tout-à-coup jusqu'en ses profondeurs , et fit précipiter sur un trône chancelant, soutenu d'un petit nombre de privilégiés, ses masses ébranlées ; ce premier fait est lui-même en grande partie toute la révolution de 1830. Vainement quelques écrivains, s'avisant après coup, représentent aujourd'hui cette révolution comme sociale dans le fond, lorsqu'elle s'est déclarée elle-même tout d'abord purement politique : l'histoire lui conservera cette dernière dénomination. On peut dès à présent se convaincre de cette vérité si l'on veut observer que sous le rapport purement social elle n'a fait que s'assurer les conquêtes faites déjà par la révolution de 89, conquêtes qu'une coterie aveugle, incorrigible, lui disputait encore par des complots de chaque jour, et que venait de tenter de lui ravir à jamais le dernier effort de cette coterie.

Cela ne veut pas dire que la révolution de 1830 a surpris la nation au point précisément où elle s'était trouvée trente ans auparavant, puisqu'on ne saurait nier que des modifications, même assez importantes, ont été apportées dans ses mœurs, ses idées et aussi dans ses besoins depuis ces trente années; mais cela exprime que c'est moins à l'ardeur de ces idées nouvelles, de ces besoins nouveaux, qu'à la volonté ferme de ne point se laisser pousser hors de la voie de progrès, ouverte au prix de tant de maux par la révolution de 89, et à l'indignation causée par le décret qui nous rejetait d'un coup dans l'ornière du vieux temps, que doit être attribuée l'explosion terrible qui a fait de l'attentat du 26 juillet une justice si prompte et si éclatante.

Pour apprécier au reste d'une manière exacte ce premier fait principal, comme révélant les sympathies du peuple, il suffit d'en rappeler le caractère bien marqué, sans craindre de répéter ce qui a pu être dit en d'autres termes par d'éloquens écrivains. — Eh! bien, le caractère qui distingue certainement cette révolution et doit la distinguer à jamais de toutes celles que l'histoire nous a transmises, c'est (et personne, je pense, n'oserait nier un fait aussi authentique) c'est qu'elle s'est faite *au nom de la loi violée;* c'est qu'elle a saisi merveilleusement le sens le plus intime de cette maxime fameuse , « l'insurrection est le plus saint des devoirs, » en éclatant tout juste dans le seul cas prévu où l'insurrection soit en effet un devoir! c'est que toutes les circonstances qui l'ont accompagnée ont fait connaître enfin dans son plus haut degré cette soif d'ordre et de justice que le peuple français manifesta de tout temps, mais dont ses longs malheurs et son expérience pouvaient seuls lui apprendre la valeur véritable, la valeur pratique.

Des gens ont cru trouver à notre révolution un autre caractère que celui que je viens de rappeler : la haine de la nation contre une famille usée, haine qui ne faisait aucune distinction de branche, comme l'ont répété avec tant d'assurance quelques feuilles politiques, sans parler des révélations étranges, qui, dans ces derniers temps, sont venues à l'appui de cette assertion. Le second fait principal que j'ai à observer va donner à lui seul un démenti formel à cette proposition, induite faussement d'autres faits isolés et n'ayant qu'une valeur purement accidentelle.

Ce second fait tire lui-même toute sa valeur de la solution de cette question : s'il fut le résultat d'une surprise faite à un peuple ignorant ou peu soucieux de ses droits, ou bien s'il

fut le produit d'un besoin bien senti et d'une volonté qui se décide promptement parce qu'elle
est éclairée; or on ne peut admettre la supposi-
tion d'une surprise de ce genre, sans calomnier
la nation qui s'y serait laissé prendre, et le plus
simple examen doit la faire repousser en outre
comme impossible dans l'état des choses. Si,
après cela des doutes pouvaient s'élever encore
à cet égard, les adresses sans nombre et les dé-
putations envoyées de tous les points de la France,
plusieurs mois encore après l'évènement, force-
raient au moins de convenir que la mystification
a été un peu longue, ce qui ferait beaucoup
d'honneur à notre sagacité!

On devine que je veux parler ici du choix qu'a
fait la nation du premier prince du sang de la famille déchue, non seulement comme lieutenant-
général du royaume, appelé pour un temps à
donner de l'unité à la marche des affaires, mais
encore comme Roi, comme chef d'une dynastie
destinée à régner sur le peuple français. N'est-ce
pas là en effet un démenti formel aux allégations
que j'ai rapportées? et ce fait à lui seul ne parle-
t-il pas plus haut que toutes les révélations dont
on fait tant de bruit? N'y voit-on pas en outre
qu'en agissant ainsi la nation a clairement exprimé cette idée, que ce n'est point dans la forme

même de son gouvernement qu'un **changement** essentiel était devenu nécessaire. En donnant après cela au système monarchique, pour base toute nouvelle, un principe proclamé depuis long-temps déjà malgré d'imprudentes dénégations , la souveraineté du peuple, elle a voulu seulement constater que ce système, le système monarchique, n'était que l'expression de sa toute volonté, l'usage qu'il lui convenait de faire dès ce moment de son droit imprescriptible; et qu'il ne devait plus songer à s'appuyer sur une vieille maxime, tolérée tant qu'elle put être seulement accusée d'imposture, mais devenue insoutenable du jour où elle fut convaincue de ridicule : la maxime du droit divin.

Maintenant abordons quelques uns de ces faits purement accidentels, de ces faits qu'on se raconte tout bas et entre soi afin qu'ils n'en cheminent que plus sûrement dans le monde, où ils acquièrent ainsi une grande importance, et ne craignons pas de les prendre tels qu'ils sont rapportés par ceux mêmes qui s'empressent d'en tirer de si belles et si légitimes conséquences.

Lorsque le duc d'Orléans parut à l'Hôtel-de-Ville, il fallut, assure-t-on, que le peuple fût trompé sur sa qualité de Bourbon pour qu'il lui fît l'accueil que tout le monde sait, si plein d'enthousiasme et si unanime ! Mais ces récits ajoutent que sans cette tromperie, à voir l'attitude de certains groupes armés, à entendre les propos énergiques qui s'y tenaient, les jours mêmes du prince auraient couru des risques ! Dès lors si Louis-Philippe est Roi, si même il vit, c'est que le peuple a été détourné des desseins qu'il avait sur sa personne, et il est évident aussi que par le fait de l'élévation au trône du premier prince du sang de la famille déchue, la nation a été surprise dans son choix !

Eh ! quoi ! quelques individus ont pu tenir un propos atroce contre un prince que la voix publique rangeait depuis long-temps dans le parti de l'opposition, et que nos écrivains les plus accrédités (· sans parler des éloges si naïfs de Paul Louis, l'homme du peuple par excellence), poussaient à se faire le chef avoué de ce parti , contre un homme de vie pure, de mœurs irréprochables, et dont toutes les actions, dont toutes les paroles avaient été empreintes de l'amour du pays ; et parce que selon vous, c'est grâce seulement à un heureux mensonge que cet homme n'a pas été lâchement assassiné, vous venez dire aujourd'hui qu'il y a eu surprise faite à la nation!

N'insistons pas ici, et faisons plutôt remarquer combien fut noble et grande cette démarche du prince à l'Hôtel-de-Ville, démarche qui décida du salut de la France ; combien il y eut de vrai courage

à venir ainsi braver l'effervescence d'un peuple
qui pouvait tout confondre dans un tel moment.

On peut apprécier par là de quelle valeur est
l'observation qui, en ce lieu même de l'Hôtel-de-
Ville, provoqua de la part du prince la réponse
qu'on se rappelle, et où il exprimait qu'à personne
jusqu'alors il n'avait permis de mettre en doute
sa sincérité : réponse bien sentie et dont la dignité
ressortait encore de la circonstance. Le duc d'Orléans n'était pas venu là, en prince timoré, se
défendre aux yeux du peuple d'avoir participé à
un acte odieux, contre-lequel toute sa vie pro-
testait, ni réclamer humblement, à titre d'héri-
tage, les dépouilles du roi qu'on venait de chasser.
Il était venu en homme de cœur, sur le vœu
exprimé par les représentans de la nation française, et entouré alors même de leur cortége,
offrir de se charger de la nouvelle destinée que
Paris venait d'ouvrir à la France incertaine, et
vouer à cette tâche immense et difficile, sa personne, sa fortune et la haute influence due à sa
position et à son caractère.

Et que fût-il arrivé, si un homme, quel qu'il fût,
osant prendre avantage d'une position extraordi-
naire, eut tenté de défendre contre Lafayette et le
duc d'Orléans le poste important de l'Hôtel-de-
Ville ? De grands malheurs pour tous, sans doute !
mais on peut affirmer, sans craindre de se trom-

per, que quelques heures plus tard il payait de sa vie sa fatale imprudence!

A chacun donc son rôle suivant sa position ou sa capacité : tout chef de circonstance devait se retirer devant le général Lafayette, et celui-ci faire place à Philippe d'Orléans : en somme, la marche naturelle des choses a été suivie.

Ces faits incidens une fois écartés (et l'on pourrait ainsi en écarter bien d'autres, invoqués chaque jour sans qu'ils aient plus de valeur), reste donc, comme je viens de l'exposer rapidement, les deux faits principaux de l'insurrection contre la branche aînée des Bourbons représentant le droit divin, et l'élévation au trône de la branche cadette, devenue, au moyen d'un contrat véritable, l'expression vivante de notre nouveau droit politique.

Le troisième fait principal que j'ai à exposer (et il devra suffire pour cela de le rappeler, toutes les circonstances en étant trop connues pour qu'il soit nécessaire d'en faire le récit), ce troisième fait complète et couronne l'histoire des sentimens politiques des Français depuis les ordonnances du 26 juillet.

C'est la levée spontanée de la garde nationale, Paris et banlieue, contre l'insurrection *malencontreuse* des 5 et 6 juin; c'est cette protestation si claire, si énergique contre les prétentions ridicules et atroces d'un parti ignorant, qui, pensant renouveler le spectacle des trois jours, prenait d'abord sur lui l'affreuse initiative de la guerre civile, et préludait par le meurtre et par la trahison au renversement des lois établies; comme si ce n'était pas là précisément le crime que la nation avait puni dans Charles X !

Les réflexions profondes naissent en foule de ce fait qui, à deux ans de distance d'un autre fait éclatant mais obscurci déjà et presque méconnu à force d'avoir subi les interprétations les plus contradictoires, semble être venu exprès pour lui restituer son vrai caractère! montrant pour la seconde fois cette puissance de la loi qui s'oppose également aux envahissemens de l'esprit de tyrannie et de l'esprit de révolte, et sait dire à l'un aussi bien qu'à l'autre : Tu n'iras pas plus loin! Mais je veux me borner à tirer de ce fait une considération qui me paraît frappante.

Si le peuple, comme on l'a fait entendre, avait eu regret de s'être décidé pour la forme monarchique deux ans auparavant, pourquoi n'a-t-il donc pas saisi l'occasion qui se présentait alors de changer cette forme, ou de faire accepter au moins le fameux programme qu'il n'a jamais connu, mais qn'on n'en rappelle pas moins chaque jour en son nom? A défaut de ce programme, les constitutions toutes faites ne manquaient pas; le peuple n'avait

qu'à dire pour tout remettre en question et résou-
dre à son gré. La garde nationale n'aurait pú s'op-
poser à cette manifestation de la classe la plus nom-
breuse; ou plutôt la garde nationale, s'il y avait
eu à l'insurrection un motif légitime (l'attaque du
pouvoir armé, contre la constitution) aurait fait
cause commune avec ce même peuple dont elle ne
saurait jamais se séparer. Le peuple n'a rien fait de
cela; est-ce donc indifférence? vous ne le pensez
pas. Est-ce amour du repos? mais alors quelle rage
d'actionner sans cesse un peuple qui ne vous demande qu'à se reposer... au moins de la guerre
civile! *Le silence du peuple* dans cette grande circonstance eût dit assez déjà, mais la joie qu'il a
fait éclater à l'issue de cette épouvantable lutte a
énoncé clairement de quel côté alors étaient ses
sympathies. Et voilà comment fut donnée deux
fois au trône de juillet cette *sanction populaire*
que quelques écrivains lui contestent encore!

N'est-ce pas après cela une chose merveilleuse
que de voir aujourd'hui les mêmes espérances,
les mêmes prétentions se manifester de nouveau
chez les partis vaincus? Hélas, on ne peut le
nier, c'est sous une forme un peu adoucie, le
prolongement de la guerre civile!

C'est ici le lieu de parler enfin de notre position, et de faire prévaloir les considérations dont
on doit être frappé en l'examinant.

Deux partis bien tranchés, le parti d'Henri V et celui de la république, combattent en ce moment la monarchie de juillet, sur le terrain qu'eux-mêmes se disputeraient bientôt s'ils venaient à renverser leur commun adversaire.

En outre mille et une nuances d'opinions diverses, mille fractions de partis flottent incessamment entre ces trois systèmes : la royauté *de par le peuple*, celle du droit divin et la république pure. Telles sont aujourd'hui les seules questions vitales qui s'agitent en France ; tous les sophismes du monde ne sauraient rien changer à l'état de ces questions, ni rendre seulement douteuse une vérité devenue triviale, mais que l'on ne saurait se lasser de reproduire sous toutes les faces possibles.

Il faut de deux choses l'une : ou que ces deux partis réunis pour un temps contre l'ennemi commun, en triomphent ensemble, et que, redevenus alors ce qu'ils seront toujours, essentiellement incompatibles, l'un des deux dévore l'autre ; observez que malgré l'espérance dont se berce chacun de ces deux partis, de demeurer seul maître du terrain dégagé, et peut-être à cause même de cette double assurance qui se fonde probablement sur des données spécieuses, il apparaît que les chances sont égales pour tous deux, ou du moins qu'il en est de terribles contre l'un et l'autre ; or, je défie de dire quand serait terminé un combat de cette nature, acharné, sans-merci ; comment il le serait ; et si, au bout du compte, la France profiterait plutôt que l'étranger des flots de sang répandus pour des causes si diverses, dont l'une se cramponne à un passé qui lui échappe, et dont l'autre se lance dans un avenir obscur et sans limites. Ou bien, il faut que la monarchie de 1830 réussisse à ressaisir et à se rattacher ces intérêts extrêmes, à les fondre en elle-même, afin de présenter à l'Europe qui nous regarde, effrayée autant que menaçante, cette unité si nécessaire, qui résulte, non pas de la destruction complète, par le massacre, d'un parti ou de l'autre, ce qui est impossible à exécuter et atroce à concevoir, mais de la fusion graduelle des partis, réunis désormais dans un seul intérêt : *l'intégrité du sol et l'ordre intérieur.* Il faut qu'elle réussisse enfin à constituer le présent, absorbant le passé qui s'effacera en elle, et préparant l'avenir dont elle est dès ce moment la plus sûre garantie.

Maintenant que la masse flottante des opinions de toutes les nuances voie si elle veut se joindre à ce noyau imposant d'intérêts positifs groupés autour du trône constitutionnel, ou si elle préfère se fractionner entre les deux partis dont j'a parlé plus haut, décidés à l'avance à une lutte à mort ; mais qu'elle se déclare nettement pendant que le choix lui est encore laissé : autrement les partis auxquels elle aurait laissé prendre l'avantage, renouvelant contre elle la fameuse loi de Solon, pourraient bien l'obliger à se prononcer quand même, et faire cesser un peu brusquement une neutralité dont elle ne veut pas voir aujourd'hui les dangers.

Il est quelques gens simples qui vont s'imaginant qu'une république serait possible aujourd'hui sans effusion de sang et presque sans combat. La tentative de juin ne les éclaire pas, parce qu'ils veulent oublier que le trône de juillet, appuyé d'une part sur une garde nationale dont les preuves sont faites, de l'autre sur une armée loyale et dévouée, ayant su rattacher en outre à la question de son existence l'existence politique des autres états de l'Europe, ne peut plus s'écrouler qu'au bruit mille fois tonnant des canons de vingt rois poussés par la peur sur notre frontière, et du tocsin de mort hurlant dans l'intérieur; il ne peut s'écrouler qu'au milieu des ruines, des cris, des larmes de sang et des imprécations des pâles citoyens! Non, non la république n'est pas plus praticable aujourd'hui sans terreur que le retour d'Henri V sans l'intervention des bayonnettes étrangères !

Les partis le savent bien au fond, et l'espoir si benin de M. de Châteaubriant peut seul, sous le rapport de l'inconséquence , être opposé au rêve des bonnes gens dont je parle.

Dans un jour de sagesse, de haute inspiration, la nation a posé elle-même une digue aux torrens destructeurs dont elle prévoyait l'irruption prochaine; plaise à Dieu, et c'est là ma plus ferme espérance, que les partis acharnés soient impuissans contre elle !

Continuons l'examen de notre position.

Après avoir changé dans notre gouvernement ce qui se sent le plus et ce qui se voit le plus, comme a dit M. Thiers, le principe et le drapeau, que nous faut-il encore, et qu'avons-nous à craindre ? Il nous faut l'union, l'union dans cette vue d'appliquer graduellement à l'ensemble de notre législation les principes salutaires sur lesquels est fondée notre loi politique, et de tirer enfin de ce que nous possédons le parti le plus rationnel et le plus convenable; d'autant que la chose est loin d'avoir été faite jusques à ce jour. Peut-on dire en effet que le gouvernement représentatif ait acquis chez nous tout le développement dont il est susceptible, quand on voit au contraire que nous en sommes encore à peine à l'essayer, et que mille autres théories, toutes différentes entre elles, aspirent chaque jour à se substituer à lui ?

Ce que nous avons à craindre ? c'est ce désir immodéré d'innovations, cette hâte de l'avenir,

qui tourmente aujourd'hui beaucoup d'esprits gé-
néreux ; c'est de plus l'ambition de quelques
hommes influens qui poussent tant qu'ils peuvent
dans cette fausse voie ceux qu'ils se flattent ensuite d'y pouvoir arrêter, quand ce grand mouvement ne pourra plus que nuire à leurs desseins
privés ; c'est une opposition toute systématique
qui, pourvu qu'elle parvienne à déconsidérer
le système de ses adversaires, emploie en con-
science à cette œuvre méritoire la mauvaise foi
et la calomnie, et se plaît à entretenir, par l'affec-
tation qu'elle met à regarder tout ce qui est debout comme provisoire, de tristes dissentions,
des craintes funestes, et des espérances non moins
dangereuses.

Qu'est-ce qu'une monarchie en *voie* de république ? Si les Français doivent être mûrs dans dix,
dans cinquante ans, pour cette dernière forme de
gouvernement, on peut dire qu'ils le sont dès aujourd'hui même, et *vice versâ;* si la forme actuelle
de notre gouvernement est en réalité celle qui con-
vient à la nation française, elle sera convenable
encore dans cinquante ans. Elle peut l'être toujours.
Quelques années ne sont rien dans une affaire
aussi capitale, et n'ont pu être considérées par
nos législateurs quand ils se sont décidés, avec l'as-
sentiment de l'immense majorité de la nation, pour
la forme monarchique. C'est le fond des idées, les

besoins généraux, les longues habitudes, c'est la position respective de la France vis-à-vis des autres puissances de l'Europe qu'ils ont considérés; or tout cela ne saurait changer en peu de temps; pour pouvoir se confier à un ordre de choses il faut lui constituer d'abord une existence. Or la nation n'a pu fonder une monarchie sans la doter en même temps d'un avenir. Qu'est-ce qu'une monarchie avec une république qui est là derrière elle, prête à lui succéder? qui la presse et la pousse, gêne tous ses mouvemens, crie à la violation et à la trahison dès qu'elle ose remuer, et l'accuse de prétendre à une trop longue durée? comme si elle avait promis à son avènement de ne point faire trop attendre son impatiente héritière! Cette monarchie-là ne ressemble-t-elle pas à cet homme encore jeune qu'un testament précoce à promis à la mort au profit de collatéraux avides, et que ceux-ci, épouvantés des chances de longue attente qu'ils seraient tenus de subir, précipitent vers la tombe afin de lui épargner le ridicule de vivre à quarante ans passés?

L'avenir! l'avenir! c'est le cri de l'époque, le cri universel. Les hommes de ce siècle se montrent l'avenir, et tous de courir sus comme s'ils craignaient de ne jamais le joindre!

Il viendra l'avenir, hommes du siècle, arrêtez! Surpris que vous serez par lui vous ne le verrez pas quand il sera près de vous! ne sera-t-il pas devenu en effet le présent? Sous cette forme nouvelle, sous cette forme positive il n'aura plus le droit de vous intéresser! car vous ne le poursuivez que sous la forme fantastique que vous êtes destinés à ne jamais saisir! Mais non, vous le pouvez, il en est temps encore; arrêtez et veuillez ouvrir un peu les yeux sur votre position; ne faites pas si bon marché d'un présent précieux qui demain aura cessé de vous appartenir!

Eh! quelle garantie, si vous persistez dans cette *marche* aveugle et en quelque sorte furieuse, qu'il y ait jamais pour l'humanité un temps de repos? Le repos! n'est-ce pas vers lui qu'en définitive gravitent depuis des siècles tous les efforts humains; non ce repos absolu, comparable seulement à la mort, mais ce qu'on appelle ainsi quand on passe d'une grande effervescence et d'un mouvement désordonné à une activité rationnelle et réglée.

Ce que je vous demande au surplus c'est de vous consulter vous-mêmes sur vos besoins, sur vos vraies sympathies, et de ne pas vous payer de quelques mots sonores à l'aide desquels vous égarent trop souvent des hommes fanatiques ou intéressés; et pour ne point sortir de la question actuelle, vous n'avez que le choix, ô mes concitoyens, entre ces directeurs qui vous mèneront indifféremment à une restauration ou à une convention, et le prince éclairé qui veut vous garantir de l'une comme de l'autre. Ce choix est déjà fait, puisqu'en appelant Louis-Philippe au trône, vous avez pesé ces considérations, et que vous avez reculé devant les deux abîmes qui s'ouvraient devant vous, pour vous réfugier dans une monarchie sagement tutélaire......

Il ne s'agit donc plus que d'être conséquent avec soi-même et de ne pas donner au monde l'étrange spectacle d'un peuple qui renie le lendemain l'inspiration de la veille. Les sermens d'une nation, pour n'être point écrits, n'en sont pas moins sacrés, et les nôtres sont acquis à Philippe d'Orléans qui les a reçus en échange des siens. Parce que chacun de nous n'a point signé son nom au bas de ce contrat où les droits de la couronne et ceux de la nation sont nettement stipulés, qui de nous oserait dire que dans le fond de son cœur il n'a pas juré de l'observer fidèlement? Eh bien ce contrat est debout, c'est notre planche de salut au milieu des orages que les partis nous préparent encore ; Louis - Philippe d'Orléans n'y sera point parjure ; honte à nous et malheur si nous étions tentés jamais de le déchirer !

En vain ose-t-on dire que la question actuelle n'est pas là et que l'opposition qui aspire, comme toujours , à diriger le pays ne s'attaque pas à la charte de 1830 ni à la forme même du gouvernement ; qu'elle ne met pas en question la monarchie de juillet, et s'en prend seulement à la marche suivie par les divers ministères qui se sont succédé au pouvoir jusqu'à ce jour. Erreur! duplicité ! il faut que la nation le sache, et qu'elle se pénètre de cette vérité, qui deviendra chaque jour plus évidente pour elle : c'est à la monarchie qu'en veut une fraction de l'opposition ; ceux de cette opposition qu'un autre sentiment dirige n'hésitent cependant pas à faire cause commune avec cette fraction qui les endort déjà et s'en emparera bientôt sans qu'ils s'en doutent.

Lisez le Compte-rendu, rappelez-vous surtout ces discussions sur la royauté *non-incompatible* et sur l'avenir *qu'il ne faut pas enchaîner.* Ajoutez à cela la lecture des journaux qui demandent la révision, et jugez enfin si la question n'est pas là tout entière, si elle peut être ailleurs.

Je presse un de ces hommes, opposans par système et faiseurs de théorie par inclination , je le presse de me dire s'il ne reconnaît pas le vide et le néant de ce qu'on appelle l'opposition, c'est-à-dire l'impuissance où elle est d'établir un système quelconque de gouvernement, fondant, quant à moi, la conviction où je suis de cette impuissance , sur ce que le Compte-rendu, ce fa-

meux manifeste, n'était qu'une négation et nulle-
ment un système? « Le Compte-rendu ! niaiserie !
me répond-il. D'ailleurs l'opposition arrivée au
pouvoir serait bien loin de nous satisfaire; elle
n'est qu'un instrument pour renverser ce qui est,
qu'un moyen en un mot pour arriver...—A quoi?
dis-je à l'instant. —Ma foi! je n'en sais rien;
pour arriver à mieux. —Mais encore êtes-vous
de l'école américaine? de l'école Buchez? de l'é-
cole Enfantin?—De toutes et d'aucune; mais je
sens que l'ordre de choses qui nous régit maintenant ne peut remédier à tous les maux que je
vois. —Qu'y faire?—Je n'en sais rien, mais il
vient un instant où une nation se défait de son
gouvernement comme d'un vêtement qui ne lui
va plus.—Bien ! et en attendant qu'il lui en vienne
un autre, elle reste exposée aux intempéries des
révolutions, au risque d'en mourir!—Elle a couru
ce risque il n'y a pas si long-temps et elle n'en est
pas morte. —Ce n'est pas une raison; défiée à la
lutte , elle a ramassé le gant et elle a triomphé;
mais en défaisant une royauté qui s'était *déclarée
elle-même incompatible*, elle s'est trouvée heureuse
de se reprendre à une autre, qui, bien loin d'é-
prouver les mêmes répugnances, s'est fondée tout
d'abord sur le principe même qui venait de triom-
pher ; royauté rationnelle , royauté de progrès,
royauté compatible avec tous les besoins , toutes

les sympathies d'une grande nation, royauté qui du reste, il faut en convenir, n'a pas reçu du peuple, pas plus qu'une royauté rebâtie sur le droit divin ne recevrait du ciel, une baguette magique propre à fermer d'un coup toutes les plaies ouvertes par nos révolutions, et qui ne peut, non plus que toute royauté, dépouillant sa nature, se métamorphoser en une république pour le plaisir de ceux qui ont pu se promettre de voir une telle merveille!... et je ne vois pas là de raison pour laquelle un peuple changerait de gouvernement comme on fait d'un habit.—Et moi, je ne vois pas ce qui l'empêcherait d'en changer autant de fois que cela peut lui paraître convenable : le peuple est souverain ! — Je vous arrête là ; il y a tout un volume à faire sur ce seul mot, et sur l'application qu'on en fait aujourd'hui à tort et à travers. Je le ferai peut-être ; sachez dès à présent que la *souveraineté* n'est pas *le bon plaisir;* je prends note cependant de votre interprétation; elle indique à elle seule la ligne qui sépare les constitutionnels de ceux qui s'instituent les patriotes purs; entre nous tout est dit, nous ne nous comprenons plus.» Tout fut dit en effet.

Mais ce n'est pas assez de respecter le pacte auquel sont attachées toutes nos destinées, il faut, par l'attitude que nous avons à prendre en face de notre roi, de nos propres conseillers et de nos ennemis déclarés ou secrets, montrer dans quelle voie nous entendons marcher irrévocablement afin que le premier, assuré de notre appui, ne sente point son cœur faillir dans l'accomplissement de la tâche difficile pour laquelle déjà il a déployé un si noble courage ;

Que les seconds, je veux dire nos propres conseillers, se lassent de nous dire : que pendant quinze années nous avons assisté à une comédie quand on réclamait pour nous ces garanties dont nous ne devions pas nous soucier au fond ! qu'en criant vive la charte, aux journées de juillet, le peuple se trompait et voulait dire seulement, Plus de Bourbons, ou Vive la république! qu'aujourd'hui encore des questions de personnes sont ce qui nous intéresse au plus haut degré !.... et autres choses aussi vraies.

Qu'enfin nos ennemis ne puissent plus douter de la volonté ferme où nous sommes de défendre envers et contre tous les institutions que nous nous sommes données.

Telle est l'inspiration sous laquelle cet écrit a été formulé. Puisse-t-il avoir fait passer dans les esprits de ceux à qui il s'adresse cette conviction, où je suis pour mon compte, de la nécessité d'abjurer de vains rêves pour aborder enfin la réalité, et du danger que nous courons de nous retourner sans fin dans le cercle vicieux de l'anarchie et du despotisme, tant que nous ne prendons pas une allure plus franche et plus décidée ; tant qu'au lieu de regarder comme traîtres à la patrie ceux qui remettent en question l'ordre de choses établi, nous continuerons de prêter l'oreille à toutes ces théories vagues et contradictoires dont nous sommes inondés, et au milieu desquelles, si l'on ne s'en défie, il est inévitable que le public bon sens fasse enfin naufrage !

Je me serais moins circonscrit, et j'aurais dit plus de choses bonnes et essentielles, aussi moins d'inutiles, si je n'avais cédé au besoin d'exposer rapidement mes idées dans un temps où les faits se succèdent si vite.

On m'approuvera sans doute de n'avoir point abordé certains faits très récens qui remettent en présence les passions violentes. Ces faits ne pouvaient entrer sous le point de vue général où je me suis placé.

J'encourrai peut-être, aux yeux de quelques personnes, le reproche d'avoir défendu une cause qui ne peut plus être attaquée ; je voudrais de bon cœur que ce reproche fût fondé, mais malheureusement j'ai des raisons de croire que pour le plus grand nombre je ne suis pas sorti du fond de la question.

E. R.

20 novembre.